¡CALIFORNIA, AQUÍ VAMOS!

CALIFORNIA REPUBLIC

POR
PAM MUÑOZ RYAN

ILUSTRADO POR
KAY SALEM

Charlesbridge

A mi maravilloso padre, Don Bell, artesano de California.

Gracias a Michele Horner y a Pat Ward por su asistencia en la investigación para este libro.

—P. M. R.

A Michelle Atiles, talentosa maestra cuyo espíritu, dedicación y paciencia hicieron posible este libro.

Gracias a Juliana McIntyre, quien diseñó, rediseñó, editó, dirigió y actuó como niñera durante la producción de este libro.

—K. S.

Published by Charlesbridge Publishing
85 Main Street, Watertown, MA 02172-4411 • (617) 926-0329

Printed in the United States of America
10 9 8 7 6 5 4 3 2 1

Library of Congress Cataloging-in-Publication Data
Ryan, Pam Muñoz
[California Here We Come. Spanish]
¡California, aquí vamos!/por Pam Muñoz Ryan; ilustrado por Kay Salem.
p.   cm.
ISBN 0-88106-883-7 (softcover)
1. California—History—Juvenile literature. 2. Historic sites—California—Juvenile literature. 3. California—Description and travel—Juvenile literature. 4. California Trail—Juvenile literature. I. Salem, Kay. II. Title.
F861.3.R9218   1997
979.4—dc20   95-34693

The paintings in this book are done in Spectralite acrylic airbrush color and Windsor & Newton watercolor on Strathmore illustration board.
The display type and text type were set in Cyclone and Poppl Laudatio.
Color separations were made by Bright Arts Graphics, Singapore.
Printed and bound by Worzalla Publishing Company, Stevens Point, Wisconsin
This book was printed on recycled paper.
Production supervision by Brian G. Walker
Designed by Diane M. Earley

¡**H**ola! Me llamo Carmen.
¡Prepárate para viajar,
en una excursión turística,
por este Estado colosal!

Hay valles y desiertos,
montañas y litoral.
¿Cuál de estas regiones
crees que te gustará más?

Empezaremos por el sur
de esta tierra dorada,
en la bella San Diego
de vistas privilegiadas.

En esta ciudad de la costa
hay mucho que disfrutar:
playas, deportes acuáticos,
y un zoológico de fama mundial.

colibrí

Zoológico de San Diego

SAN DIEGO ZOO

delfin

flor de Pascua

* Hace miles de años, cazadores de Asia emigraron a la América del Norte a través del territorio que hoy conocemos como Alaska. Sus descendientes, los primeros californianos, fueron llamados más tarde indios americanos. * En el siglo XVI, Juan Rodríguez Cabrillo desembarcó en San Diego y tomó posesión de la zona para España. Más tarde, San Diego se convirtió en el primer poblado de la costa occidental en la Colina del Presidio. Hoy en día, esta área ha sido reconstruida en Old Town State Park. * En la década de 1860, se plantaron eucaliptos de Australia en San Diego para utilizar su madera dura y su aceite. Actualmente constituyen una característica del paisaje de San Diego. * Muchos barcos han atracado en el puerto de San Diego durante los últimos 400 años. Hoy es uno de los puertos de la Marina de los Estados Unidos. * Giant Dipper, la antigua montaña rusa de madera en Mission Beach, es un monumento histórico nacional. * Las flores de Pascua se cultivan en Paul Ecke Poinsettia Ranch, en Encinitas, al norte de San Diego. Desde allí se envían a todo el país. *

Juan Rodríguez Cabrillo

GIANT DIPPER
SAN DIEGO

montaña rusa

eucalipto

barco de la Marina

En San Juan Capistrano
vamos a hacer la visita
de una aldea primorosa,
refugio de golondrinas.

Fray Junípero Serra
interrumpió aquí su camino,
para construir una gran misión
de adobe y de ladrillo.

San Juan
Capistrano

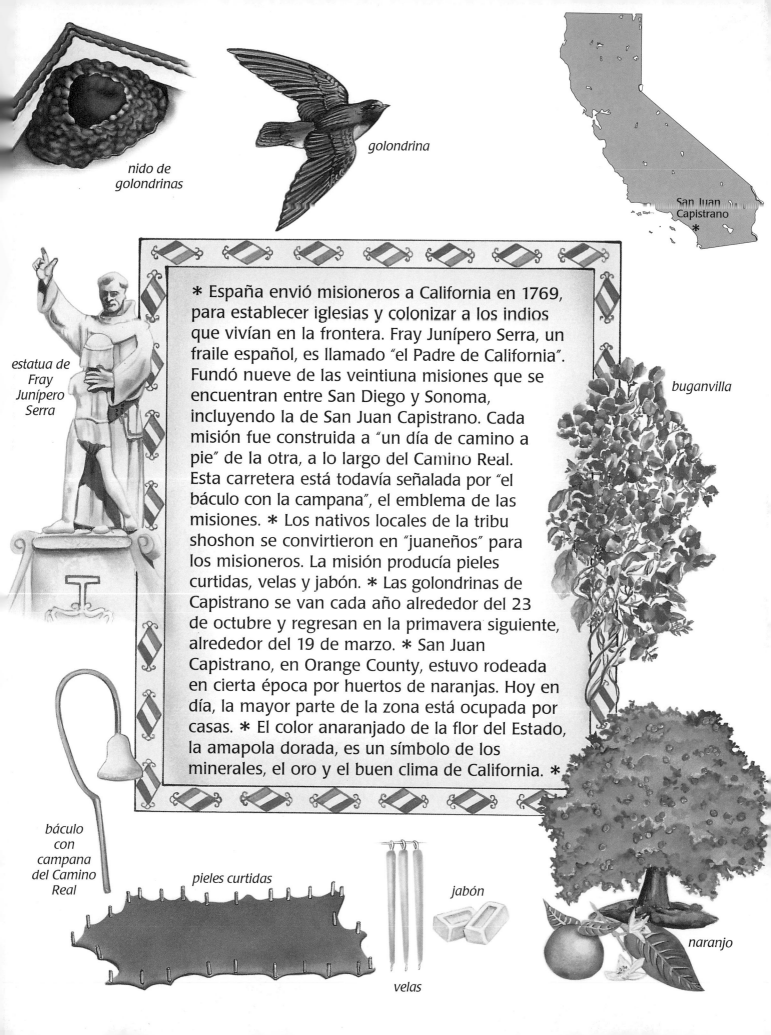

nido de
golondrinas

golondrina

San Juan
Capistrano

estatua de
Fray
Junípero
Serra

buganvilla

* España envió misioneros a California en 1769, para establecer iglesias y colonizar a los indios que vivían en la frontera. Fray Junípero Serra, un fraile español, es llamado "el Padre de California". Fundó nueve de las veintiuna misiones que se encuentran entre San Diego y Sonoma, incluyendo la de San Juan Capistrano. Cada misión fue construida a "un día de camino a pie" de la otra, a lo largo del Camino Real. Esta carretera está todavía señalada por "el báculo con la campana", el emblema de las misiones. * Los nativos locales de la tribu shoshon se convirtieron en "juaneños" para los misioneros. La misión producía pieles curtidas, velas y jabón. * Las golondrinas de Capistrano se van cada año alrededor del 23 de octubre y regresan en la primavera siguiente, alrededor del 19 de marzo. * San Juan Capistrano, en Orange County, estuvo rodeada en cierta época por huertos de naranjas. Hoy en día, la mayor parte de la zona está ocupada por casas. * El color anaranjado de la flor del Estado, la amapola dorada, es un símbolo de los minerales, el oro y el buen clima de California. *

báculo
con
campana
del Camino
Real

pieles curtidas

jabón

naranjo

velas

A continuación, Los Ángeles
y la famosa Hollywood.
¡Puedes visitar las huellas que
han dejado las estrellas!

Esta "ciudad de Ángeles"
tiene mucho que explorar:
¡museos, pozos de alquitrán,
y diversiones en cantidad!

HOLLYWOOD

Los Angeles

cóndor de California

Observatorio Griffith

* En 1542, Cabrillo continuó su viaje de exploración y avistó a San Pedro, el puerto actual de Los Ángeles. Vió el humo de las hogueras de muchas aldeas indígenas y llamó al puerto "Bahía de los Fumos". * En 1781, cuarenta y cuatro colonos mexicanos fundaron el Pueblo de Nuestra Señora la Reina de los Ángeles de Porciúncula. Ahora se llama simplemente Los Ángeles. * Los pozos de La Brea son ciénagas aceitosas que atraparon animales prehistóricos en esa zona. Miles de fósiles han sido descubiertos en estos pozos de alquitrán, incluyendo el tigre de colmillos de sable, el fósil del Estado. * Desde 1890, el Desfile del Torneo de las Rosas ha sido una celebración anual del día de Año Nuevo en Pasadena. Primorosas carrozas decoradas con flores participan en el festival. * Griffith Park, donde se encuentra el Observatorio Griffith, es el parque urbano más grande de California. * El cóndor de California, un ave que se encuentra en peligro de extinción, vive en las montañas de la costa central desde Monterrey hasta el norte de Los Ángeles. *

cine y televisión

Tournament OF Roses

Torneo de las Rosas

mamut imperial

tigre de colmillos de sable

¡Ahora, las Islas Channel!
Tomaremos un barco para ir,
cruzaremos las aguas azules
viendo las ballenas surgir.

Aquí en el Océano Pacífico,
entre las franjas de algas,
juegan las nutrias marinas
y fantasmas de naves antiguas.

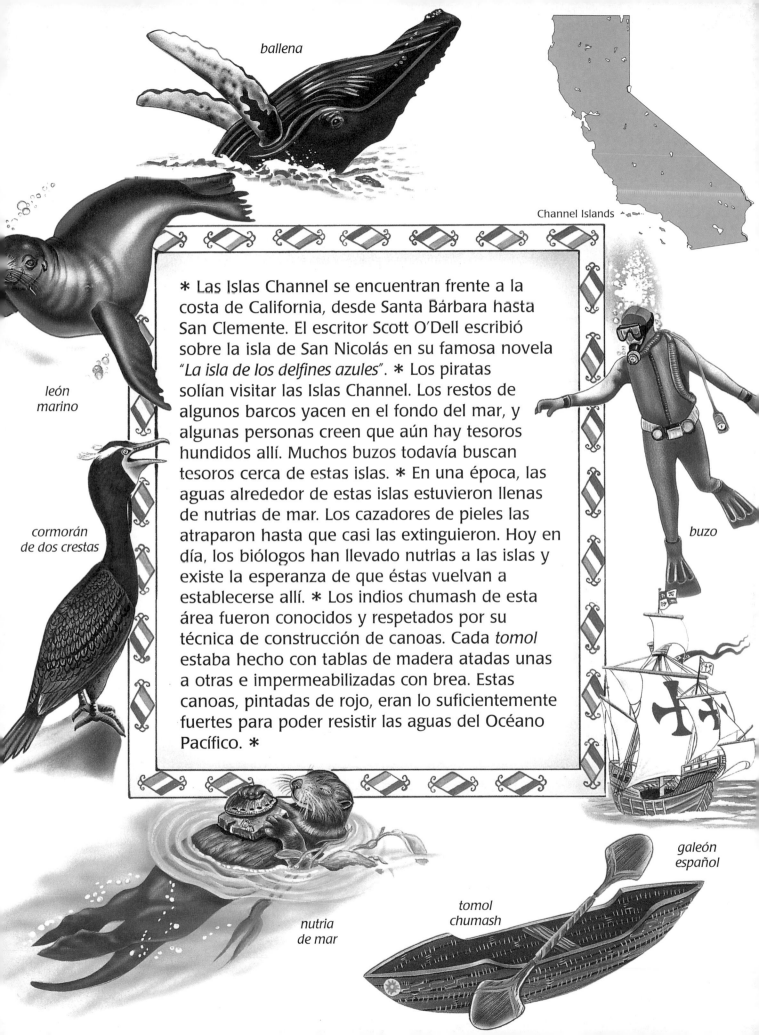

ballena

Channel Islands

* Las Islas Channel se encuentran frente a la costa de California, desde Santa Bárbara hasta San Clemente. El escritor Scott O'Dell escribió sobre la isla de San Nicolás en su famosa novela *"La isla de los delfines azules"*. * Los piratas solían visitar las Islas Channel. Los restos de algunos barcos yacen en el fondo del mar, y algunas personas creen que aún hay tesoros hundidos allí. Muchos buzos todavía buscan tesoros cerca de estas islas. * En una época, las aguas alrededor de estas islas estuvieron llenas de nutrias de mar. Los cazadores de pieles las atraparon hasta que casi las extinguieron. Hoy en día, los biólogos han llevado nutrias a las islas y existe la esperanza de que éstas vuelvan a establecerse allí. * Los indios chumash de esta área fueron conocidos y respetados por su técnica de construcción de canoas. Cada *tomol* estaba hecho con tablas de madera atadas unas a otras e impermeabilizadas con brea. Estas canoas, pintadas de rojo, eran lo suficientemente fuertes para poder resistir las aguas del Océano Pacífico. *

león
marino

cormorán
de dos crestas

buzo

galeón
español

nutria
de mar

tomol
chumash

Viajando hacia el norte
nos acercamos a Monterrey,
y a las rocas empinadas
que rodean la ensenada.

Aquí, en Cannery Row,
las sardinas se vendían
como la pesca del día,
hace poco todavía.

Enlatadora de Monterrey

sardinas

* Monterey

cachofas

coles de Bruselas

* Uno de los primeros colonizadores españoles en Monterrey fue Gaspar de Pórtola en 1770. Alrededor de 1777, Monterrey se convirtió en la capital de California y continuó siéndolo bajo el gobierno español y el mexicano. * Cuando abundaban las sardinas, los pescadores llevaban la pesca del día a las enlatadoras del muelle de Monterrey. Actualmente, en esa zona se encuentra el Acuario de Monterrey. * La oreja marina, un molusco que se adhiere a las rocas, vive a lo largo de la costa de California y es apreciada por su carne y su concha. Las conchas están forradas por dentro con un material iridiscente llamado madreperla. * Durante su migración anual, miles de mariposas reales se posan en los pinos de Pacific Grove. ¡Los árboles parecen "florecer" con mariposas! * El queso Monterey Jack fue el primer queso original de California. Fue llamado así en honor de David Jacks, quien lo produjo por primera vez cerca de Monterrey. * Las alcachofas fueron introducidas en California por los italianos. El Valle de Salinas es el principal productor de este vegetal en los Estados Unidos. Las coles de Bruselas también se cultivan en este clima, similar al del Mediterráneo. *

Gaspar de Pórtola

queso Monterey Jack

MONTEREY JACK CHEESE

NET. WT. 8

mariposas reales

gaviota occidental

Paremos en "la Ciudad"
de nombre San Francisco,
donde mora la niebla matinal,
y trae la lluvia el vendaval.

Los tranvías de cremallera
suben y bajan las colinas,
y los turistas almuerzan
en la vieja Ciudad China.

Puente de Golden Gate

Mark Twain

San Francisco

garza

chocolate Ghirardelli

* Hasta que su nombre fue cambiado en 1847, San Francisco se llamaba "Yerba Buena", por la hierba silvestre que crecía allí. * Los funiculares de San Francisco son monumentos históricos del Estado. ¡Son los únicos que quedan en el mundo! * "Mark Twain", que significa "dos brazas de profundidad", es una expresión que Samuel Clemens usó cuando trabajaba en los barcos del Misisipí. Clemens, quien utilizó Mark Twain como seudónimo, escribió muchas historias acerca de California y del Oeste. * En 1906, un terremoto y un incendio destruyeron la mayor parte de San Francisco, pero sus habitantes reconstruyeron de nuevo la ciudad. El fénix, un ave mitológica que renace de sus propias cenizas, es el símbolo de San Francisco. * Domingo Ghirardelli empezó a hacer chocolate en San Francisco en 1852, y todavía hoy se puede ver como se produce en Ghirardelli Square. ¡Una de las barras de chocolate de Ghirardelli pesa cinco libras! * El Puente Golden Gate, en San Francisco, tiene aproximadamente siete millas de largo. Equipos de obreros trabajan continuamente en su mantenimiento, utilizando cerca de 10.000 galones de pintura anaranjada cada año.

fénix

entrada a Chinatown

Una vez en Sonoma,
bajo un comando rebelde,
se proclamó una república
de la Tierra del Destino.

Se creó una nueva bandera
para ondear en el Estado,
con una barra, una estrella
y un furioso oso pardo.

Manifest Destiny

"El destino manifiesto"

* Sonoma

* La tierra que llamamos California ha sido ocupada por muchos pueblos: los nativos indígenas, los españoles, los mexicanos y los colonos norteamericanos. * "El destino manifiesto" fue una expresión periodística usada por primera vez en la década de 1840. Significaba que los Estados Unidos debían reclamar el territorio desde el Atlántico hasta el Pacífico. Esta idea inflamó las discusiones entre los Estados Unidos y México acerca de la posesión de California. * En 1846, los colonos norteamericanos tomaron pacíficamente el fuerte mexicano en Sonoma, en poder del general Mariano Vallejo. Llevaban una bandera hecha a mano, mostrando un oso pardo como símbolo de fuerza, y proclamaron la nueva república de California. Ésta fue llamada la Rebelión de la Bandera del Oso. * Desde mediados del siglo XIX el Valle de Sonoma y el Valle de Napa han dominado la producción de vino en California. * El águila dorada y el águila de cabeza blanca son originarias de California. En una época, había tantas águilas en California que más de veinte lugares fueron llamados como ellas. Los miwok de la costa, habitantes indígenas del área de Sonoma, construían cabañas de entramado de madera de sauce con techo de juncos. *

choza miwok

águila dorada

General Mariano Vallejo

monumento a la Bandera del Oso

oso pardo

uvas del Valle de Napa

Este Estado tiene un lema
que los buscadores de oro
gritaron cuando encontraron
minas del fabuloso tesoro.

"¡Eureka!" exclamaron.
¡Qué palabra más alegre!
También es así como llamaron
a esta ciudad del noroeste.

alcatraz

cangrejo de mar

Eureka

secoya gigante

secoya

* Eureka significa "¡Lo encontré!" * Eureka fue fundada en 1850 como pueblo minero. Más tarde se convirtió en centro de las industrias de la madera y la pesca. En la Bahía de Humboldt se puede pescar el pez roca, el cangrejo, el salmón, el camarón y las ostras. * En el siglo XIX, William Carson, un industrial maderero, construyó una gran casa de arquitectura especial. Hoy en día, muchas casas en Eureka son construidas o restauradas con el mismo estilo victoriano de la mansión de William Carson. * En Redwood National Park se encuentran las secoyas de California. Algunas tienen más de 1000 años y pesan hasta 500 toneladas. Aunque son los árboles más altos del mundo, una de sus piñas puede contener hasta sesenta semillas y cabe en una cuchara. * Muchas tribus indígenas adoraban al oso pardo. Una tribu de esta área, los hupa, creía que los espíritus de las abuelas vivían dentro de los osos. Por esta razón, nunca los mataban. Actualmente, el oso pardo se considera extinto en California debido a las actividades de caza de otros grupos. *

piña

bolsa indigena hupa

transporte de madera

mansión de William Carson

Estamos en Sacramento,
junto al domo del Capitolio.
En esta ciudad mayor
es donde vive el gobernador.

Caballitos ligeros de posta
solían transportar el correo
desde San José, en Misuri,
hasta esta lejana costa.

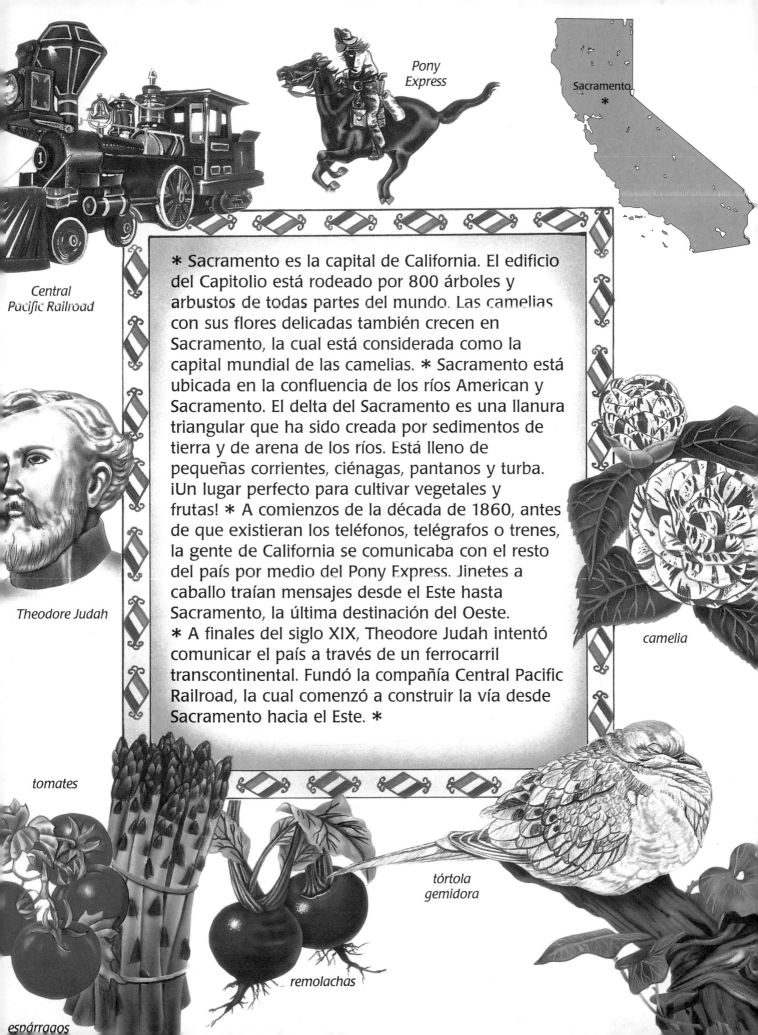

Pony Express

Central Pacific Railroad

Sacramento

Theodore Judah

* Sacramento es la capital de California. El edificio del Capitolio está rodeado por 800 árboles y arbustos de todas partes del mundo. Las camelias con sus flores delicadas también crecen en Sacramento, la cual está considerada como la capital mundial de las camelias. * Sacramento está ubicada en la confluencia de los ríos American y Sacramento. El delta del Sacramento es una llanura triangular que ha sido creada por sedimentos de tierra y de arena de los ríos. Está lleno de pequeñas corrientes, ciénagas, pantanos y turba. ¡Un lugar perfecto para cultivar vegetales y frutas! * A comienzos de la década de 1860, antes de que existieran los teléfonos, telégrafos o trenes, la gente de California se comunicaba con el resto del país por medio del Pony Express. Jinetes a caballo traían mensajes desde el Este hasta Sacramento, la última destinación del Oeste.
* A finales del siglo XIX, Theodore Judah intentó comunicar el país a través de un ferrocarril transcontinental. Fundó la compañía Central Pacific Railroad, la cual comenzó a construir la vía desde Sacramento hacia el Este. *

camelia

tomates

tórtola gemidora

remolachas

espárragos

Cuenta la historia
que aquí en Coloma,
James W. Marshall
descubrió oro puro.

Muchos se apresuraron a ir
a excavar todas las colinas
y buscar oro en todos los ríos
que rodean a Sutter's Mill.

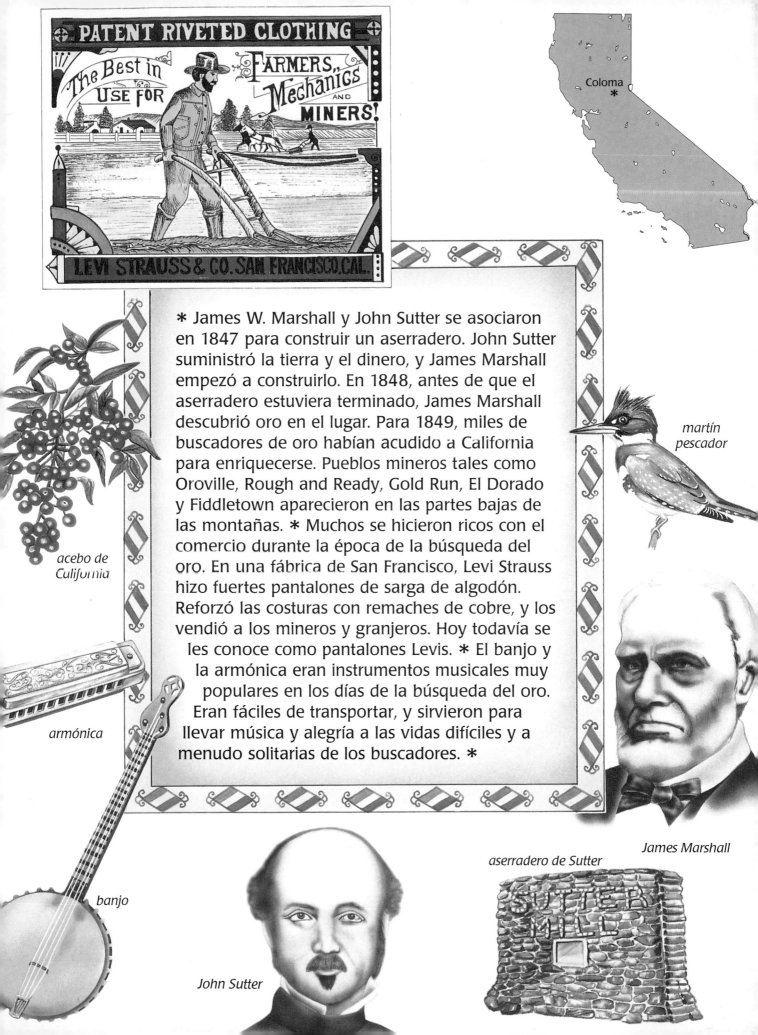

PATENT RIVETED CLOTHING

The Best in USE FOR FARMERS, Mechanics AND MINERS!

LEVI STRAUSS & CO. SAN FRANCISCO, CAL.

Coloma

* James W. Marshall y John Sutter se asociaron en 1847 para construir un aserradero. John Sutter suministró la tierra y el dinero, y James Marshall empezó a construirlo. En 1848, antes de que el aserradero estuviera terminado, James Marshall descubrió oro en el lugar. Para 1849, miles de buscadores de oro habían acudido a California para enriquecerse. Pueblos mineros tales como Oroville, Rough and Ready, Gold Run, El Dorado y Fiddletown aparecieron en las partes bajas de las montañas. * Muchos se hicieron ricos con el comercio durante la época de la búsqueda del oro. En una fábrica de San Francisco, Levi Strauss hizo fuertes pantalones de sarga de algodón. Reforzó las costuras con remaches de cobre, y los vendió a los mineros y granjeros. Hoy todavía se les conoce como pantalones Levis. * El banjo y la armónica eran instrumentos musicales muy populares en los días de la búsqueda del oro. Eran fáciles de transportar, y sirvieron para llevar música y alegría a las vidas difíciles y a menudo solitarias de los buscadores. *

martín pescador

acebo de California

armónica

banjo

John Sutter

aserradero de Sutter

SUTTER MILL

James Marshall

Hacia el este, Yosemite,
donde abundan las secoyas.
¡Bloques magníficos de piedra
se levantan desde la tierra!

Glaciares de la Edad del Hielo
se abrieron camino una vez,
¡creando un valle extraordinario
con sitios asombrosos que ver!

YOSEMITE
NATIONAL PARK

lupino

John Muir

Yosemite Valley

secoyas gigantes

✳ El Valle de Yosemite, ubicado en las montañas de la Sierra Nevada, es famoso por sus acantilados y cascadas. ¡Hay más cascadas en Yosemite que en cualquier otro lugar del mundo! ✳ Un monolito es una roca de una sola pieza extraordinariamente grande. Yosemite tiene monolitos del tamaño de montañas. Algunas de las rocas majestuosas de Yosemite se llaman "Media Cúpula", "Tres Hermanos", "El Capitán" y "Rocas de Catedral". ✳ John Muir, un naturalista que amaba la belleza de la naturaleza, se dedicó a proteger los recursos naturales de Yosemite. ✳ ¿Has oído hablar del Valle de Hetch Hetchy? Era otro hermoso valle en Yosemite que no pudo ser preservado. Construyeron una represa y el valle está ahora sumergido. Se ha convertido en una reserva de agua para San Francisco. ✳ En Yosemite habitan el oso negro norteamericano, el grajo de Steller, y abundantes ciervos grises. ✳ Los indios paiute de Mono Lake, una tribu de la zona de Yosemite, son bien conocidos por sus bellos y trabajados cestos. ✳

ciervo gris

grajo de Steller

oso negro

Valle de Hetch Hetchy

El "Gran Valle Central",
con sus abundantes cosechas,
alimenta a toda la nación
desde sus campos y huertas.

Esta tierra rica, sedienta,
necesita agua para producir.
Canales, pozos y presas
ayudan al valle a vivir.

trabajadora agrícola

Central Valley

acueducto

cesto indígena yokut

le negro de California

* El gran Valle Central, llamado originalmente "Valle Grande" por los españoles, es la región más importante de California para la agricultura y la ganadería. Aunque ha sido calificada como la tierra más fértil del mundo, tiene poca agua. El acueducto de California, una serie de reservas, bombas y canales de cemento, trae el agua a lo largo de 400 millas desde el delta del Sacramento hasta esta zona reseca. * Después de trabajar como peón en el Valle Central, César Chávez inició el sindicato nacional de trabajadores agrícolas y organizó manifestaciones para mejorar las condiciones de trabajo de los obreros del campo. * Tiempo atrás, aproximadamente cincuenta tribus de indios yokut ocupaban el Valle Central. Las bellotas, uno de sus alimentos básicos, eran recolectadas de los robles, almacenadas, peladas y usadas para hacer harina y una especie de pudín. * El petróleo es uno de los recursos y una de las industrias más importantes de California, especialmente en el Valle de San Joaquín. Si miras a través del valle, verás muchas torres y pozos de petróleo. *

pozo de petróleo

algodón

melón

codorniz del valle de California

ciruelas

zanahorias

cebollas

almendras

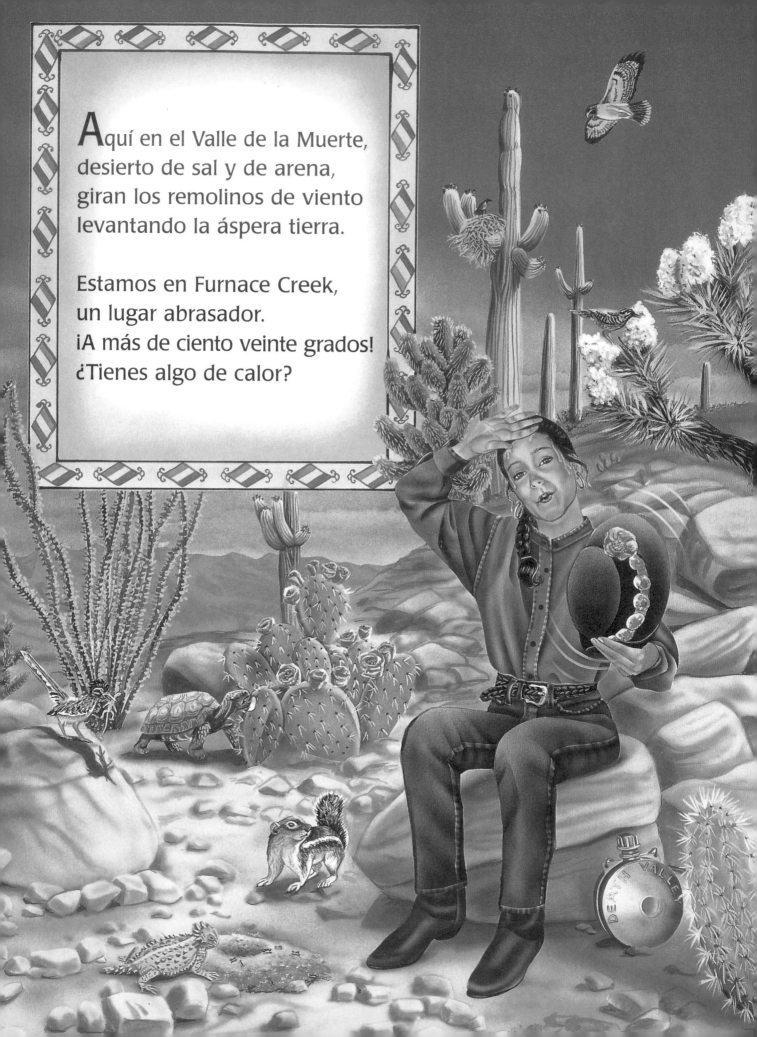

Aquí en el Valle de la Muerte,
desierto de sal y de arena,
giran los remolinos de viento
levantando la áspera tierra.

Estamos en Furnace Creek,
un lugar abrasador.
¡A más de ciento veinte grados!
¿Tienes algo de calor?

recua de veinte mulas

Death Valley

* El Valle de la Muerte es el lugar más caliente y más seco de América del Norte. Recibe solamente una pulgada y media de lluvia al año. * Aquí puedes visitar Badwater, el lugar más bajo del hemisferio occidental, a 282 pies por debajo del nivel del mar. En la distancia puedes ver Mount Whitney, uno de los puntos más altos de los Estados Unidos, a 14.494 pies sobre el nivel del mar. * El bórax, un mineral que se explota en el Valle de la Muerte, es una sal que se usa en muchos productos tales como los detergentes. Hace años, el bórax era recolectado y transportado a la estación de tren de Mojave por medio de recuas de veinte mulas. * Los cactos de tunas espinosas son comunes en California. Los hay de muchas formas: "cola de castor", "orejas de conejo" y "osito de juguete". Algunos tienen tunas comestibles. * Los árboles Joshua son plantas gigantes de yuca que pueden crecer hasta los 50 pies de altura. Tienen ramas gruesas y retorcidas, con pocas hojas y flores gigantes que parecen hechas de cera. Joshua Tree National Monument, al este de Palm Springs, es una zona de reserva natural caracterizada por estos árboles extraños. *

árbol Joshua

Mount Whitney

rata canguro

margaritas

burro salvaje

guaco sabio

Por último, Palm Springs
y el final de nuestra travesía.
Pongamos los pies en alto
y disfrutemos de la piscina.

Ahora podemos descansar
de nuestro viaje, y recordar
los lugares llenos de tesoros
que hemos ido a visitar.

NATIONAL DATE FESTIVAL

Festival Nacional de los Dátiles

Palm Springs

palma datilera

lla prehistórica

* Palm Springs, en el Desierto Colorado de California, es una población frecuentada por jugadores de golf y personas que prefieren los inviernos cálidos. * ¿Has sentido alguna vez un terremoto? Los terremotos ocurren a veces a lo largo de la Falla de San Andrés. Esta falla geológica se extiende desde México a través de California, cerca de Palm Springs, hasta más allá de Punta Gorda en el norte del Estado. Algunos terremotos son fuertes, pero la mayoría son pequeños y casi no se notan. * Cual molinos aerodinámicos, mas de 4000 turbinas de viento generan electricidad cerca de Palm Springs. * El pueblo de Indio es la sede del Festival Anual Nacional de los Dátiles, dedicado a la fruta exótica de la palma datilera. La celebración incluye carreras de camellos y de avestruces. * Los indios cahuilla vivían en este desierto sin árboles y se adaptaron a un ambiente frugal. En vez de alimentarse de bellotas y pescado, los cuales no abundaban, los cahuilla vivían de semillas, plantas y los productos de la caza. Las mujeres cahuilla hacían té de los frutos del mezquite y lo guardaban a veces en una *olla*. *

india cahuilla

turbina de viento

gran correcaminos

ardilla de cola redonda

Muchos historiadores piensan que el nombre de California viene de una novela romántica española llamada *"Las sergas de Esplandián"* del autor Garci Ordóñez de Montalvo, publicada en 1510. La historia trata de una isla imaginaria llena de tesoros llamada California, que no estaba lejos del "Paraíso Terrenal" y era gobernada por la reina Calafia. Cuando los exploradores españoles descubrieron la costa del Pacífico al norte de México, alrededor de las décadas de 1530 ó 1540, la llamaron California como la isla de la historia.

bandera del Estado de California

sello del Estado de California

flor del Estado de California-amapola dorada

insecto del Estado de California—mariposa

arbol del Estado de California—secoya

mineral del Estado de California—oro

mamífero marino del Estado de California—ballena gris

animal del Estado de California—oso pardo

ave del Estado de California—codorniz